CUESTION DE AMOR PROPIO

colección andanzas

CARMEN RIERA
CUESTION DE AMOR PROPIO

TUSQUETS
EDITORES

1.ª edición: abril 1988
2.ª edición: septiembre 1988
3.ª edición: junio 1993

Diseño de la colección: Guillemot-Navares
Reservados todos los derechos de esta edición para
Tusquets Editores, S.A. - Iradier, 24, bajos - 08017 Barcelona
ISBN: 84-7223-272-7
Depósito legal: B. 17.617-1993
Fotocomposición: Tecnitype - San Alejandro, 7 - 08031 Barcelona
Impreso sobre papel Offset-F Crudo de Leizarán, S.A. - Guipúzcoa
Libergraf, S.A. - Constitución, 19 - 08014 Barcelona
Impreso en España

A Francesc, siempre

«¡Oh innoble servidumbre de amar seres humanos,
y la más innoble
que es amarse a sí mismo!»

Jaime Gil de Biedma

Vallvidrera, 23 de octubre de 1986

Querida Ingrid: Tienes razón. Acepto tu rabioso ultimátum. Nunca más querrás saber nada de mí si no te contesto de inmediato y te explico, con todo detalle, los motivos que me llevaron a tenerte sin noticias durante tanto tiempo. Ya ves que te escribo enseguida —tu carta me llegó anteayer— y empiezo por pedirte que me perdones. Un año, lo sé, es un intervalo demasiado largo para ampararse en el derecho de asilo del silencio cuando tú no me has dado motivo alguno. Todo lo contrario. Sin embargo, y créeme, por favor, a menudo he releído tus cartas y muchas veces te he contestado mentalmente desde los lugares más impensados, a ratos, con la esperanza de que, pese a los miles de kilómetros que nos separan,

11

tú, que tan bien me conoces, te dieras cuenta de que mi monólogo, obsesivo y casi siempre redundante, se dirigía a ti en exclusiva para darte fe de vida y, especialmente, fe de cariño. Hace poco más de una semana estuve a punto de tomar un avión simplemente para pasar unas horas contigo, descargar mi conciencia y, tras pedirte consejo, volver, egoístamente reconfortada. La luz otoñal de un fugaz atardecer, la penumbra opalina de las cuatro de la tarde que tanto detestas hubieran propiciado el inicio de las confidencias mejor que este intermediario convencional del que ahora me sirvo y en el que (por más que me ayude la pluma que tú me regalaste) no confío en exceso, siendo como es mucho menos cómplice que la voz, puesto que escamotea todos los matices que quisiera conjugar con las palabras. Pero el teléfono me resulta todavía más incómodo: me obligaría a ser breve, a resumirte atropelladamente y en pocos minutos lo que estoy segura me llevará horas, con el agravante de que podría sonar en un momento inoportuno y resultar contraproducente.

Te prometo que intentaré esforzarme en hacer la letra clara. Acostumbrada como estoy a escribir para mí o para mi mecanógrafa, que la conoce bien, no creas que me resulta fácil. Además, el pudor, inevitable —ya sabes de mi timidez infinita—, tal vez se valga de una garabatosa estratagema para organizar una imaginaria línea de protección. Suelo enmascararme a menudo tras mi pésima letra. Así obligo a las pocas personas con quienes me carteo, las pocas que de verdad me importan, a que me dediquen algo más de tiempo tratando de descifrar mis mensajes. Pero contigo siempre me ha sucedido al revés y he pretendido, en todo momento, ser directa y explícita, incluso en la caligrafía, de modo que si ahora algunos rasgos de mi escritura te resultan difíciles de entender no lo achaques a esa confesada debilidad que nunca manifesté ante ti, sino a las inconscientes barreras que mi carácter cerrado se forja, esforzándose en demorar a fuerza de borrones las confidencias que de todos modos quiero hacerte, o dejando que fluyan con apremio, como la tinta de esta vieja pluma que tanto me gusta emplear.

A todos estos reparos debo añadir que el paisaje que contemplo, tan distinto del tuyo —ya sabes cómo influye eso en mi ánimo—, no me induce en absoluto a dar con el tono adecuado para transmitirte cuanto deseo sin que bosteces de aburrimiento. Sí, Ingrid, me preocupa encontrar la manera idónea de que puedas hacerte cargo de todo lo que me ha ocurrido. Estoy segura de que ya has adivinado que una de las causas de mi retraso ha sido, precisamente, el miedo de aparecer ante ti, frágil, inerme, llena de prejuicios y, sobre todo, ridícula.

¡Qué curioso! En tu última carta, además de gritarme un montón de insultos por tenerte tanto tiempo sin noticias, me describes el jardín: «La luz tiene los mismos tonos cobrizos que cuando tú viniste; los abetos que plantamos juntas han crecido mucho; los tilos comienzan a desnudarse y sólo el brezo sigue florido. ¡No sabes con qué beatísimo fervor contemplo estas flores que aún resisten! Dentro de nada la nieve lo cubrirá todo, el invierno extenderá su blanca piel de oso por todo el país y yo, como todos los años, me desesperaré por los verdes del sur, las flores del sur y vuestra luz. La luz que no viene del norte —como tú, remedando la crítica de Maragall a *La Intrusa*, me aseguras, burlona, siempre que me quejo de lo mismo— sino del Mediodía, donde perfila los contornos y los ofrece con toda nitidez». Sí, queridísima Ingrid, esa rabiosa luz del sur, a veces, como ahora, resulta un obstáculo; no sólo porque nos atrae hacia paisajes abiertos, terrazas de bares al aire libre y nos hace falsamente extrovertidos, sino también porque nos muestra con crudeza lascas, aristas, protuberancias, y sin disimulos, con la máxima precisión, nos hace caer en la cuenta de que los objetos tienen perfiles ásperos, los vegetales tallos escabrosos y todo, o casi todo, muestra la agresividad del cuchillo, la incisiva dureza del buril, cuando no la terrible, por más bella, del diamante. Y a causa precisamente de esa poderosa luz, el mundo que divisamos parece erizado, como si estuviera en perpetua erección. ¡Cuando más deseable me resulta el nimbo con que la penumbra invade las regiones del norte, los tonos difuminados que acercan los objetos y acortan las distancias! La suave palidez de vuestros días neblinosos me parece mucho más acogedora y revierte en mí de un modo positivo aunque, eso sí, acentúa también la melancolía. No, Ingrid, no asocio divinidades masculinas con el Sur, ni benefactoras diosas lunares con el Norte. En absoluto. Un tipo tan misógino como Unamuno relacionaba —y ahora me doy cuenta de que con acierto— la falta de interés de los españoles por memorias y epistolarios —lo que él llamaba literatura de confesión— con el carácter esquinado, proclive a las ideas picudas, de mis compatriotas, fruto quizás, —apuntaba— de esa furiosa luz mediterránea que yo tanto amé cuando consideraba —de eso hace muchísimo tiempo— que el verano era la estación total.

Tal vez por todo eso he comenzado esta carta aludiendo a la dificultad de escribirte en esta época del año, posiblemente porque mi sensibilidad se aviene mejor a esas bajuras de la edad con el ritmo pausado y el pulso débil del otoño, a la vez que la lujosa generosidad de los colores que propicia en el paisaje —esos rojos que incendian las ramas de los servales, los casi cobres de los matojos, los verdes que se dejan invadir por los pajizos y la dispersa voluptuosidad ocre de las miles de hojas caídas— me conmueve de modo muy especial. La belleza de esos tonos es tan cambiante como efímera. El otoño es aquí una estación mucho más fugaz que en tu tierra. Constreñido por el verano, que se alarga como una visita inoportuna —a veces, como el año pasado, hasta noviembre—, y el invierno, que llega de improviso, avasallador e implacable, como un ejército cuya estrategia consistiera en tomar por asalto el territorio enemigo, casi no tiene tiempo de manifestarse. Quizás mi afición por lo deletéreo, acentuada en los últimos tiempos, mi interés por lo desvaído y delicuescente han influido para que el otoño haya llegado a convertirse en mi estación predilecta.

Además, Gridi, la historia que con tantas cautelas, con excesivos preámbulos, estoy tratando de posponer comenzó y acabó en los días que el calendario asegura que pertenecen al otoño, aunque una luz todavía cruel pareciera prolongar el verano y el calor nos obligara a llevar ropa ligera, casi como ahora.

Sé muy bien, Ingrid, que debería evitar las dilaciones, abandonar los rodeos e ir al grano. Antes, sin embargo, necesito repetirte una vez más lo que en tantas ocasiones te he asegurado: que sólo merecen la pena de vivir a fondo, arriesgándolo todo si fuera preciso, las historias que por su belleza, por el grado de fascinación que nos produjeron, somos capaces de transformar en un recuerdo tan hermoso que nos ofrezca incluso la posibilidad de ahuyentar la muerte.

Desde niña la memoria lo ha sido todo para mí y creo que el poder de convocarla a cada instante, y, en especial, en momentos claves, para escrutar en sus más oscuros recovecos, me ha abocado, en parte, a escribir. Perdona si insisto en esta faceta que tú ya conoces y que te desagrada, pero quiero que la tengas muy presente a la hora de juzgar mi conducta, si soy capaz de explicártelo todo con suficiente precisión. Pese a que estoy acostumbrada al íntimo trato con las palabras —la literatura es poco más que las palabras—, cuando acudo a ellas, no para describir sensaciones ajenas, crear personajes de ficción o construir situaciones imaginarias, sino para conjugarlas en primera persona de acuerdo con mi realidad, soy torpe, obtusa y a duras penas consigo que la expresión se adecúe con exactitud al contenido. Lo que escribo o digo es pálido reflejo de lo que quiero expresar. E incluso ahora que he vuelto a la serenidad que tan necesaria me era y puedo verlo todo con mayor perspectiva, con cierta ironía si me apuras, con la lucidez suficiente para saber que la angustia atenazante del año pasado se debió, sobre todo, a una enfermedad moral que me llevó —no quiero ocultártelo— a calibrar obsesivamente qué proporción de alcohol y barbitúricos sería la ideal para una mezcla efectiva o qué distancia debía mediar entre la ventana y el asfalto para obtener el resultado apetecido, incluso ahora pues, ya casi curada del todo, temo que las palabras se ajusten mal a las sensaciones, sentimientos e ideas que quiero describirte y puedan, incluso chirriar.

Sé que tú, Ingrid, eres una de las pocas

personas de mi entorno afectivo capaz de entender este miedo. Nuestra vieja amistad te ha dado las pautas necesarias para ello. Además, estás acostumbrada a expresarte por escrito y sabes de todos estos terrores. Si añades a todo esto el hecho de que, mientras duró mi enfermedad, fui incapaz de escribir una sola línea, comprenderás aún mejor el daño inconmensurable que me causó. Imagino que de haberla contraído a los dieciocho años en vez de a los cuarenta y ocho mi naturaleza hubiera resistido mejor, o que si en diversas ocasiones me hubiera contagiado levemente, mi organismo hubiera podido desarrollar, a modo de vacuna, los anticuerpos necesarios para combatir el virus. Pero no cayó esa breva. Tal vez mi matrimonio, hermosamente fracasado —como le gusta decir a Jaime cada vez que le veo, muy de tarde en tarde—, y algunas experiencias adolescentes, igualmente negativas, me produjeron un rechazo visceral a establecer cualquier relación seria. Un extraño instinto me hacía huir a tiempo. Suponía que mi entrega no sería correspondida en la misma medida y me veía ridícula, sin más horizonte que otros ojos que, posiblemente, ni siquiera me mirarían de frente. Esa cobardía, o como quieras llamarla, me ha servido para pertrecharme contra po-

19

sibles aventuras y protegerme de previsibles sufrimientos futuros.

Recuerdo muy bien que, a menudo, en nuestros largos paseos por el campus de Aharus, solías reprocharme mi actitud pusilánime frente al amor y me aconsejabas que adoptara una postura mucho más abierta, que considerara el sexo como un apetito más, como una necesidad que debe ser colmada para poder guardar tanto el equilibrio físico como el mental. Para ti el contacto íntimo con otros cuerpos es enriquecedor, y el placer un medio de paliar las carencias de la vida, además de una de las formas más válidas para conocer la realidad. Yo en cambio pertenezco al tipo de mujeres —especímenes a extinguir— que son incapaces de entrar en otros brazos sin estar enamoradas, y jamás hubiera podido dedicar un libro «A los hombres y mujeres de mi vida», como hiciste tú, dando además una larga lista de nombres por orden —apuntabas— de intervención.

Todavía guardo entre las críticas a *Interior con Figuras* la que me hiciste tú en privado en una carta preciosa: «Tus novelas», me decías, «ganarían mucho si fueras capaz de resolver por ti misma, y no a través de los orgasmos de tus personajes, tu vida sexual, si fueras capaz de aceptar con naturalidad y sin cortapisas el deseo. Yo no renunciaría a ninguno de mis amantes, ni siquiera a aquellos cuyos rostros y cuerpos he olvidado. Todos aportaron experiencias positivas a mi vida, la enriquecieron...».

Tal vez esos miles de kilómetros que nos separan, esa luz tan distinta —que, frente al Mediterráneo, parece invitar al paganismo del goce sin culpa— nos ha hecho ver estas cuestiones de un modo diferente: y, contra lo que cabía esperar, ha acentuado mi desinterés por el sexo. En realidad, lo que busco —y casi estoy segura de que también lo buscan o buscaban la mayoría de mujeres de mi generación— es la ternura, esa sensación que nos devuelve al jardín siempre azul de la niñez, en el que cualquier pesadilla desaparecía como por ensalmo, ahuyentada por la tibia dulzura de la voz de mamá que nos acunaba. Y sin embargo, muchas de nosotras, y de manera especial las más combativas, las que pasábamos por más inteligentes, llegamos a avergonzarnos de esta propensión a la ternura, pues nos parecía un rasgo de debilidad femenina, y preferimos mostrarnos ante los demás, especialmente ante los hombres, frías, fuertes y autosuficientes. Y ya que estoy de rodillas frente a la rejilla —aquel inmenso colador vertical que filtraba culpas y penitencias— te añadiré que una de las cosas que más he deseado toda mi vida ha sido que alguien me llamara pequeña, pequeñita mientras me abrazaba, aunque mis principios feministas se vieran seriamente resquebrajados y mi concienciación se relajara en demasía al tener que admitir que no sólo aceptaba, sino que deseaba ser disminuida, cosificada, casi degradada. Puedes creerme si te digo que, desde mi ruptura con Jaime hasta el pasado noviembre, transcurrieron siete años durante los cuales no me acosté con nadie, y no por ello me sentí mal ni frustrada, en absoluto. En cambio, el calor que proporciona otro cuerpo en la cama, el roce, aunque sea furtivo, de otra piel mientras te duermes, fueron carencias dolorosas. Y todavía más difícil que eso fue tener que prescindir no tanto de la compañía sino de la complicidad, una defensa común ante las ingratitudes y mezquindades de la vida, más llevaderas de dos en dos. Incluso ahora, después de redescubrir la fuerza de los reclamos del deseo, la oscura ligazón que en el momento del abandono total, de la entrega absoluta, establecemos con la eternidad, y que hace que nos sintamos, por unos instantes, casi con plenitud de dioses, sigo pensando lo mismo. Si estuviera a tu lado, en el cuarto de estar de tu casa de Stjaer, no tardarías ni un segundo en replicar que esas sensaciones gratificantes a las que acabo de aludir se producen únicamente a causa del placer y que éste tiene que ver con la bioquímica, que lo demás no son sino perifollos con los que las personas convencionales, como yo, intentan disfrazar la animalidad humana. Tal vez tengas razón y todo se reduzca a una cuestión hormonal, al buen funcionamiento de una serie de glándulas, estímulos invisibles, cortejo y danza erótica que ciertos flujos transmiten imperceptiblemente. Sin embargo, yo nunca me he entregado sin la seguridad de que otros aspectos menos biológicos de mí misma, más anímicos o espirituales —sé que detestas ambas palabras, pero no tengo otras—, habían entrado también en fusión, en confusión espléndida. Tampoco esta vez me percaté de ningún estímulo químico, pero sí noté el momento en que el arquero divino disparaba sus flechas doradas y mi mitad perdida, tras la catástrofe que nos condenó a una larguísima escisión, se soldaba por fin con mi ser. El mundo —sé que es un tópico asegurarlo, pero fue así— cobró todo su sentido, un sentido primigenio, desacostumbrado, armónico. Y las frases más o menos felices que yo solía divulgar en entrevistas y mesas redondas: «Toda escritura es una carta de amor», «Escribo para que me quieran», «El ansia de pervivencia nos empuja a amar del mismo modo que nos empuja a crear», «El texto no es más que un pretexto amoroso»... habían encontrado, por fin, el único destinatario que me interesaba, un tú que justificaría a partir de entonces mi existencia y a quien, sin saberlo, había guardado tantas ausencias en una virginidad si no física al menos espiritual, ya que nunca había sentido por nadie un interés mayor, un enajenamiento tan absoluto. Nuestras coincidencias, que podían provenir de unas vivencias parecidas —cuando yo nací él tenía cinco años— y de una formación semejante, me parecían una muestra más de nuestra fatal predestinación. No sólo preferíamos los mismos autores, pintores o músicos sino que, además, nos gustaban los mismos libros, cuadros y sinfonías y nos impresionaban idénticos pasajes, trazos o tempos. Nuestros gustos en otros aspectos más cotidianos —comidas, decoración o manera de vestir—, eran también semejantes, y parecida nuestra fascinación por las brumosas costas del norte de Europa, a donde pensábamos viajar en cuanto pudiéramos. Si nuestros planes se hubieran llegado a realizar, le hubieras conocido, ya que mi insistencia en ir a tu país tenía mucho que ver con mis ganas de poneros en contacto, o, en realidad, más que poneros en contacto —pues ya lo estabais aunque tú no lo supieras—, lo que quería era que tú le dieras el *nihil obstat* y te sintieras, una vez por lo menos, orgullosa de mí, que por fin había sido capaz de dejar a un lado la literatura y apostar por la vida.

Me apetecía tanto darte esta sorpresa que decidí no escribirte contándote el *affaire* y presentarme de improviso con mi amante puesto, como hiciste tú aquel verano en Tossa cuando viniste con Andreas y nos preguntaste a Jaime y a mí, con una frescura encantadora: «¿Os parece que me sienta bien?». Tenía la certeza de que a ti te encantaría Miguel y que considerarías que me sentaba fenómeno, y enseguida nos imaginaba a los tres hablando y hablando sin parar junto a la chimenea del salón, enfrascados en una conversación interminable. Y es posible que esta conversación interminable —claro que sólo entre vosotros dos— tenga lugar muy pronto, ya que, en el plazo de un mes, Miguel —en realidad es un nombre muy adecuado el suyo, ya lo verás— viajará a los Países Escandinavos. Pero no quiero adelantarte acontecimientos.

Creo que en la última carta que te escribí, hace más de un año, te anuncié que tomaría parte en un congreso de escritores que iba a celebrarse en Valencia. La verdad es que no me apetecía gran cosa. Si asistí fue porque suelo programar una pérdida de tiempo anual destinada a estos menesteres, más por consejo de mi editor, quien cree —y hace bien— en las poderosas razones publicitarias que acompañan tales actos, que por afición personal. Los escritores, salvo raras excepciones, me interesan poco, aunque en la adolescencia les rendí un culto devoto. No sólo recogía autógrafos en un cuaderno impecable, sino que mantenía correspondencia con varios y, lo que es peor, aspiraba en secreto a casarme con alguna joven promesa, todavía incomprendida, a quien yo ayudaría a triunfar. Gracias a mi estímulo, pronto la gloria y la fortuna le llevarían en parihuelas, y bajo palio sería introducido en la Academia tras haber renovado la vanguardia. El hecho de que Jaime, como buen economista metido a banquero, centrara su interés únicamente en las letras protestadas, me puso las cosas difíciles y quizá motivó también, en cierto modo, que comenzara a escribir. A partir de entonces, y de modo especial después de la buena acogida de mi segundo libro, mi fasci-

26

nación por los escritores, por su capacidad de fabulación, decreció hasta casi desaparecer. No mantengo relaciones demasiado buenas conmigo misma, de manera que apenas valoro lo que soy capaz de hacer, aunque tal vez lo que sucedió en Valencia contradiga en parte mis afirmaciones, pues toda esa propensión a maravillarme ante la habilidad de un encantador de palabras, que creía olvidada, resurgió de nuevo cuando, en el Salón Dorado de la Lonja de Valencia, Miguel tomó la palabra. El mago de mi adolescencia, el prestidigitador capaz de sacar de la chistera una bandada de palomas, anudar y desanudar pañuelos en un abrir y cerrar de ojos y, en la apoteosis final, cortarle el cuello a su ayudante para volvérselo a unir al torso en un santiamén, apenas sin otra ayuda que unas palabras, estaba de nuevo ante mí, correspondiendo feliz a los aplausos del público. Al día siguiente el éxito volvió a repetirse. Su ponencia fue la más brillante, lúcida y redonda de cuantas escuché. Aunque conocía bastante bien su obra —no en vano era, es, uno de los escritores de moda mejor tratados por la crítica— y admiraba la agudeza petulante de sus declaraciones públicas, nunca me lo habían presentado. Tampoco le pedí a nadie que lo hiciera esta vez. Con una seguridad que me admiraba a mí misma, decidí poner todos los medios para que fuera él quien se interesara por mí, sin intermediarios. Paulatinamente, mi curiosidad se iba convirtiendo en fascinación.

En el coloquio de aquella tarde se hablaba de la influencia de la literatura del siglo XIX en la novela actual y, concretamente, del papel de *La Regenta.* Las intervenciones se sucedían con más pena que gloria hasta que le tocó el turno a Miguel. Con habilidades de afilador, defendió la idea de que, por vez primera en la narrativa hispánica, se habían tenido en cuenta los aspectos sexuales. En ninguna otra novela realista se daba tanta importancia al erotismo, y este triunfo de la materia sobre el espíritu le permitía señalar que a Clarín debemos el oxigenado aire europeo que a finales de siglo entra por fin, en España, con la introducción del naturalismo. El problema de Ana Ozores, de todas las Anas Ozores de la época, no era el de una personalidad inadaptada, sino el de una libido insatisfecha.

Después de escucharle, llegué a la conclusión de que la mejor manera de llamar su atención era llevándole la contraria. Con el esfuerzo de un tísico por reprimir un ataque de tos levanté la mano para pedir la palabra y rebatí a Miguel. A mi entender, todas las frustraciones de Ana Ozores provienen de su infancia, de la falta de afecto en que creció, por esto la aventura con Germán en la barca de Trébol, que ayuda a la configuración del determinismo del personaje, resulta fundamental. Lo que ocurrió aquella noche entre los niños es uno de los pocos recuerdos gratos de Ana Ozores: por primera vez alguien le cuenta un cuento y, por primera vez también, alguien la arropa antes de dormirse a su lado. Hasta entonces, Ana no había tenido más remedio, para tratar de conciliar el sueño, que contarse cuentos a sí misma, recurriendo a su propia imaginación para hacerse compañía. Toda la vida de la Regenta está dominada por esos anhelos, mucho más que por la búsqueda de su realización sexual. Su entrega al zascandil de Mesía obedece a la seguridad de que cada noche, después de amarla, de arroparla, le contará un cuento distinto.

Mi intervención le sorprendió. Discutimos ante la expectativa de los compañeros, a quienes mi aspecto apocado les debió parecer reñido con el tono incisivo de mis puntualizaciones. Miguel acabó por darme a entender, sibilinamente, que mis argumentos denotaban una cierta inclinación muy femenina —y lo dijo con un subrayado cómplice— a poner corsés a las poderosas razones sexuales. Pero yo le repliqué y arranqué algunos aplausos —eso sí, tímidos— que sólo las mujeres estamos en condiciones de decidir si nos sentimos, no como dioses, como diosas —recalqué— cuando triunfa el orgasmo o lo hace sencillamente la ternura.

A la hora de cenar, en cuanto entré en el comedor del hotel, supe que mi suerte estaba echada. No sólo me guardó un sitio en su mesa sino que se deshizo en cumplidos: jamás había encontrado un interlocutor tan a su medida. Yo era la persona más interesante del congreso, la primera mujer que en un debate público le ponía los puntos sobre las íes; y además había leído mi obra... Nunca me había sentido tan segura de mí misma ni había estado tan decidida a luchar para que aquella oportunidad no pasara de largo. En vez de disimular la atracción que me producía opté por demostrársela sin tapujos, con naturalidad.

No tomamos café con los demás, lo hicimos solos en una esperpéntica terraza de la Malvarrosa. La noche era tibia, golosamente sensual, propicia para desnudar los corazones de cintura para abajo, pero ambos evitamos las confidencias y nos referimos a temas profesionales. Hablamos de Clarín y Galdós, de literatura y moral, y, no sé bien por qué, discutimos sobre los escrúpulos que, a lo largo de la historia, han tenido los novelistas a la hora de utilizar, como heroínas enamoradas, a mujeres de más de treinta años.

—Las convenciones literarias dan por sentado que a partir de la madurez no sucede nada que merezca la pena de ser contado.

Pero Miguel me replicó que la mejor novela española es protagonizada por un personaje que frisaba los cincuenta.

—En todo caso, tu ejemplo es la excepción que confirma la regla. Alonso Quijano, para convertirse en la persona que desea ser, en caballero andante, cambia de nombre, de condición, de manera de vivir, y, aunque Cervantes no lo dice, del contexto se desprende que se cree joven. Estarás de acuerdo conmigo en que, en general, los personajes viejos no son demasiado abundantes en la novela, especialmente si se trata de mujeres.

—¿Y qué hacemos con *Doña Perfecta* o *Misericordia*?

—Precisamente doña Perfecta canta a mi favor. Es la paradigma del conservadurismo y la estupidez que suelen encarnar los personajes femeninos maduros. Fíjate que, incluso en el

31

caso de los personajes secundarios, las viejas —madres, tías, abuelas o suegras—, suelen ser, por lo general, malhumoradas, hipócritas, avaras, rancias o se oponen al triunfo de la juventud.

Miguel me escuchaba con el interés del reo a punto de oír la sentencia, como si en ello le fuera la vida. Con intención coqueta añadí:

—El amor es el opio de las mujeres, ya se sabe, pero sólo de las jóvenes...

Protestó con una trivialidad gentil mientras acercaba mi mano a sus labios.

Durante los cinco días que duró el congreso apenas nos separamos. Podría trazarte todavía aquel recorrido sentimental, sobre el plano de Valencia, que nada tuvo que ver con los itinerarios esperables, llenos de sorpresas barrocas y ventanales góticos disfrazados, sino con las avenidas enloquecidas por el tráfico y su propia fealdad opaca, que yo me empeñaba en cruzar con demasiada frecuencia para sentir sobre mi codo la leve presión de su mano. Podría señalarte también la situación de los bares que frecuentábamos en el barrio viejo, abarrotados incluso a altas horas, y cuyos bancos permitían que nos sentáramos muy juntos, en promiscuidad de muslos y piernas, mientras hablábamos un poco de lo divino y mucho sobre lo humano.

Allí, en uno de aquellos mugrientos veladores de café, ya en las fronteras del amanecer, cuando el alba desconsiderada empezaba a arañar los cristales, a la hora del sueño avasallador y los vasos derrotados, por primera vez sus dedos trazaron al desgaire jeroglíficos sobre mis manos, signos cabalísticos sobre mis brazos, y se detuvieron con parsimonia de orfebre en mi cara y sobre mi pelo. Y esa hora de las primeras luces del alba que siempre odié, tal vez porque durante demasiados años —mis años de colegiala en el internado—, coincidió con la de los timbres de los despertadores y la ducha helada y —en mi adolescencia—, con la de todos los fines de fiesta agradables, se convirtió, de pronto, en la más dulce de cuantas recordara, la predilecta.

Durante el día, cuando asistíamos con los demás a las mortales sesiones literarias que el director de los encuentros nos imponía con disciplina prusiana que él llamaba simplemente académica, tenía la sensación de compartir con Miguel una vida secreta, intensa y compleja, que nos aislaba del resto. Instalados en las últimas filas de la sala de conferencias hacíamos comentarios en voz baja que en nada se referían a lo que, en teoría, estábamos escuchando, o intercambiábamos notas que comenzaron por ser apuntes tontos y acabaron en «actas fundacionales de nuestro amor», según designación suya, documentos valiosísimos para nuestros futuros biógrafos, que él se empeñó en guardar. Incluso iniciamos una narración a dúo en la que intercambiábamos párrafos como si nos proyectáramos en un juego de espejos.

Plena de seny, donau-me una crosta
del vostre pa, que em lleve l'amargor
de tot manjar m'ha pres gran desabor
si no d'aquell que molt amor me costa.

Ausias March le prescribió la receta adecuada y la luna de setiembre rielando en el mar echó el resto. Aunque no era un canto ronco, ni gemía el viento en la lona, ni estábamos en la popa de ningún bajel, su voz debería haber sonado pirata en mi oído, y aún más corsarias sus palabras.

—Estos versos prestados servirían mejor que mis pobres palabras para expresarte todo lo que tú me haces sentir.

Y mientras, obcecada mariposa ridícula, me abrasaba en la cenicienta luz de sus ojos, su voz, especialmente maquillada para la ocasión, seguía aterciopelándose en mi oído.

—Mi deseo de ti es más inmenso que el océano, más profundo que las simas abisales.

34

Te amaré mientras viva porque nadie, jamás, me ha llegado tan adentro, me ha calado tan hondo. Por eso quiero ser mejor para ti día a día... Eran frases triviales, Ingrid, ya ves, además de rimbombantes, incluso cursis. Olían a tufo de seminarista sudado y sonaban a retórica de sacristía, pero a mí me supieron a gloria, tal vez porque las había estado esperando no desde hacía una semana, sino desde hacía meses o años, quizás desde toda la vida, y porque se las oía a alguien a quien yo no podía interesarle como escritora, para medrar a mi sombra, ni dada mi edad como un trofeo digno de exhibir. Mi desclasamiento, mi repugnancia por la política, mi falta de ambición en ese terreno, tampoco constituían aspectos que pudiesen encandilar a un oportunista. Más bien era yo quien, en todo caso, hubiese podido aprovecharme de la situación de Miguel en el mundillo cultural ya que, precisamente un mes antes de conocerle, había sido nombrado Director de la Fundación para el Progreso de la Cultura, sin duda una de las más importantes del país.

Acompáñame de nuevo, querida Ingrid, sólo si te sé cerca seré capaz de aceptar los envites de la memoria que tan obsesivamente, en especial durante el invierno pasado, me devolvía,

35

junto a un mar sumido y una playa feliz, la huella de nuestros pasos acompasados sobre la arena húmeda y la sombra entrelazada de nuestros cuerpos. Yo no eché mano de Ausias March ni de Pere Serafí ni de Jordi de Sant Jordi. No pretendí adecuar texto y contexto. Me serví de un verso de Salinas que había martilleado a menudo en mi memoria y que quizás había reservado desde siempre para una ocasión semejante, porque resumía a la perfección mi estado de ánimo además de ser también un préstamo, una cita que me permitía seguir en la tesitura literaria establecida por él:

Miedo de ti.
Quererte es el más alto riesgo.

Tenía miedo, Ingrid, de todo o de casi todo. Miedo a mi propia edad, a mi cuerpo no precisamente en plenitud, que en todas partes, aun en los pliegues más íntimos, en los más escondidos recovecos, exhibía la desmañada caricia de los días y en cuyas zonas más vulnerables los años habían sido pródigos en impetuosos desmanes. Y sobre todo miedo a mi cara, que el abandono del amor dejaría sin el maquillaje que disimulara el rictus de la boca, ya definitivamente entre paréntesis, sin el amparo de las sombras protectoras que enmascararan bol-

36

sas, ojeras y arrugas, o el auxilio del lápiz corrector capaz de mermar las huellas de los espolones de todos los gallos de la aurora. Y miedo, además, a precipitar la entrega. Mi avión salía al amanecer. Nos quedaban cuatro horas, un tiempo absolutamente insuficiente para que el *tránsito* funcionara conforme al ritual que yo pretendía establecer. Quería, tal vez en compensación a mi decadencia física, aparentar una experiencia que no tenía y ofrecerle la posibilidad de explorar juntos los territorios de la voluptuosidad, demorándonos en sus caminos para que la víspera fuera tan larga como intenso el gozo. Por eso, ante la puerta de mi cuarto le pedí que dejáramos para un posterior encuentro, el que había de ser definitivo.

Creo que no hace falta que te diga que no pude pegar ojo. El roce de las sábanas me producía alergia, necesitaba el contacto de su cuerpo, el desmayo de sus manos sobre mi cintura, el peligroso incendio de sus labios sobre mi boca y su voz taumaturga en mi oído, aunque me siguiera hablando de su trabajo o de su familia, de lo inteligentes que eran sus hijos o de su mujercita, con quien mantenía, claro, únicamente adocenadas relaciones de triste convivencia. A punto estuve de telefonear a su habitación y pedirle que viniera, o de trasladarme yo a la suya para acurrucarme a su lado sin más, ávida de su cobijo. Si no llegué a hacerlo fue porque jamás me hubiera perdonado que la precipitación me condenara al fracaso como si, por descuido, volcara un tintero sobre un precioso incunable.

Si todavía me lees, Ingrid, si aún no te has muerto de cansancio, estoy segura de que estarás furiosa. Y no me extraña. También yo a estas alturas lo estoy porque soy consciente de mi estupidez, de lo ridícula que le debí de parecer haciendo lo posible para que coleccionara una postal edulcorada —luna llena, mar en calma y declaración de amor— sin caer en la cuenta de que ya la debía tener repetida, comportándome como si tuviera quince años y los hubiera cumplido no en 1985, sino en el siglo pasado, en plena efervescencia romántica, mientras se suicidaba la Gunderröde y Schubert componía sus lieder más escleróticos. Tendrás, de momento, que disimular tu desagrado, querida mía, y dejar para más adelante tus reprimendas, porque aún cometí errores más garrafales. Luego ríñeme todo lo que quieras. Grítame como sueles. Estoy dispuesta a cumplir la penitencia que gustes imponerme, sobre todo si me haces el favor que con esta larguísima carta —cuya extensión tal vez pueda compensarte del enorme hiato— trato, también, de pedirte. Sigo, pues, esforzándome para que tengas entera noticia de mi persona, en acompasar la memoria no a los recuerdos, sino a los hechos. Me temo que tras tanto manoseo, tras darles tantas vueltas a lo largo de este año, se ajusten inadecuadamente a las situaciones vividas y me las devuelvan sin la nitidez necesaria, mediatizadas por el tiempo.

Precisamente una de las consecuencias más dolorosas de esta historia ha sido la imposibilidad de recuperar algunos de sus aspectos positivos. Pasé los primeros meses de mi enfermedad tratando de recordar el temblor de mi mano entre las suyas, que creía hechas —cuna y cuenco—, a la medida de mi cansancio y de mi sed, o el sabor de sus besos, en los que olvidé todos los que no provenían de su boca. Pero la memoria hostil no me devolvía ninguna sensación gratificante. Todo lo contrario. Como si pretendiera abatirme aún más en la imposibilidad de recobrar ni un milímetro de placer, en la boca una lengua casi muerta y fría ni siquiera lograba recuperar el esqueleto de un beso.

El cadáver de una orquídea, perfectamente exquisito en su breve ataúd de plástico, me esperaba en casa a la vuelta de Valencia. Una tarjeta fechada aquella misma mañana, sin firma, decía: «Te amo ya para siempre». Otras orquídeas con parecidas notas fueron sucediéndose durante aquellas semanas enviadas desde distintas ciudades, a las que Miguel tuvo que viajar con frecuencia para atender a los asuntos de su trabajo. Orquídeas que se alternaban con cartas escritas en un lujoso papel con el membrete de sus iniciales: «Me muero pensando en el momento en que volveré a verte, porque te amo como nunca imaginé que sería capaz» (25-IX-85); «Me pregunto cómo pude vivir tanto tiempo sin ti y sólo acierto a contestarte que en realidad no vivía» (30-IX-85); «He vuelto a la adolescencia, a las humedades del sueño. ¿Sabes lo que eso significa?... Un inmenso deseo de ti» (23-IX-85); «Estoy pensando seriamente en iniciar los trámites del divorcio. Quiero casarme contigo» (5-X-85); «He paseado por la ciudad con tu ausencia del brazo, queridísima mía» (7-X-85); «Los días se me hacen eternos. Sólo deseo que vuelen: falta apenas una semana para verte, para amarte. Dudo si podré resistir» (17-X-85); «Nadie podrá separarnos, amor mío, Angela, ángel mío, porque soy definitivamente tuyo» (20-X-85); «No te dejaré nunca, NUNCA, escúchame bien.

Por más que me rechaces, te alejes, me apartes, te seguiré persiguiendo» (23-X-85).

Creo que podría repetirte también, casi al pie de la voz, nuestras conversaciones telefónicas, salpicadas de tópicos cariñosos, de frases amorosas *ad hoc,* de interminables y cálidas despedidas, casi remedo de las de la ópera, en las que los *addio* sirven para arrancar al tenor una romanza, a veces hasta con un *do* de pecho incluido o un dúo entre aquél y la soprano. El teléfono era, aun más que las cartas, nuestro aliado. Podía sonar a las horas más intempestivas, simplemente «para oírte y nada más», para consultarme cualquier nimiedad —el tono adecuado de una corbata a juego con el traje (en la recepción estaba la presidenta)—, para aconsejarle sobre el tema de una conferencia o leerme el último artículo que había escrito. El teléfono acrecentó mi fama de impuntual, me acostumbró al sabor de la comida fría, al sueño interrumpido, sin que me importara. El teléfono, el antes odioso teléfono, se convirtió en una especie de cordón umbilical que nos mantenía en una constante unión. De mis oídos dulcísimo grillete, cadena que yo deseaba perpetua, el teléfono se me hizo tan imprescindible como a Calixto el ceñidor de Melibea, y lo comparé a «sólo aquel cabello entretejido»

41

de todas las venturas y guirnaldas... ¡Dios mío, qué estúpidas hipérboles! Lo terrible, Gridi, es que entonces, no me lo parecían. Al contrario. Y los ejemplos literarios, entre los que hice provisión, se me antojaban, por primera vez, comprensibles del todo. En cambio ahora, que soy capaz de ironizar sobre mi comportamiento, te diré que he llegado a la conclusión de que los directivos de la telefónica conocen perfectamente la influencia del artilugio sobre la conducta amorosa. Y esos servicios extra, como el teléfono erótico, o incluso el de la esperanza, deben encontrar su clientela más adicta entre gentes de oídos sensibles —ya te imagino buscando alguna explicación biológica—, a los arrumacos de un tipo determinado de voz.

Casi un mes más tarde de nuestro encuentro en Valencia, Miguel me anunció que podríamos pasar juntos el fin de semana. Lo había dispuesto todo para poder estar conmigo tres días con tranquilidad, para amarnos sin prisas, como yo le pedí, para escuchar a nuestro íntimo Wolfgang Amadeus y redescubrir juntos la beata ingenuidad de las tablas románticas y las cresterías gaudinianas. Todos mis miedos habían desaparecido. Me encontraba en plena forma y no tan fea como de costumbre, casi te diría que atractiva, y esto me daba fuerzas. Sabía que el amor transforma en belleza todo cuanto toca y que el deseo pone un aura resplandeciente alrededor de aquellos que le tienen por aliado. Me sentía en estado de gracia y disfruté cuidándome personalmente de los detalles más insignificantes pero imprescindibles: la marca del whisky de malta que más le gustaba, las orquídeas menos cadavéricas que encontré y la selección más nuestra de Mozart: el quinteto para clarinete y el concierto para piano n.º 21. Aunque todavía no hacía frío, encendí la chimenea. Tenía el antojo de hacer el amor junto al fuego, tal vez porque de este modo pretendía conjurar los maleficios del verano y, a la vez, quemar, aunque fuera simbólicamente, nuestras vidas pasadas y darle la razón o Edith Piaf: «*Balayé pour toujours ça commence avec toi*».

Tras los cristales, en el jardín, los árboles de siempre, todavía de verdes veraniegos. En los cristales las llamas ondulaban su fulgor, se irisaba el contorno de las brasas. Una imagen única acoplaba, en la leve transparencia de una lámina, la calmosa parsimonia de las hojas y el rápido desvanecimiento de los troncos. Instante irrepetible en la breve pausa de su contraste, que al ser hablado se corrompe. Perfec-

43

ción absoluta en el silencio exhausto de una muerte sin fin.

No quisiera parecerte aún más ridícula, pero te aseguro que hasta entonces nunca mi piel había sentido la apoteosis del tacto: suavidad casi imperceptible de alas de mariposa, delicuescencia de pétalos y música, invasión de puñales lentísimos.

Durante aquella noche hubiera deseado ser Fausto para venderle mi alma a Mefistófeles a cambio de que me dejara convertirme en Margarita. De pronto nada de lo que me había interesado hasta entonces me importaba. Ni el ansia de conocer ni mis posibilidades creadoras: únicamente ser joven y recuperar la belleza y la candidez que enamoraron a Fausto. Del desastroso final casi no me acordaba, imagínate mi grado de enajenación. Creo que, en cierto modo, mis deseos se cumplieron, y además con celeridad.

Nuestra historia, o tal vez mejor mi historia, duró exactamente un mes y medio, y la ruptura llegó inexplicablemente, tras nuestra primera y última noche de amor. Todavía no sé exactamente por qué, aunque me he tomado todo el tiempo del mundo en analizar y sopesar las posibles causas, a las que ahora puedo añadir otra más que tal vez sea la definitiva. Miguel se marchó de casa un viernes de principios de noviembre, casi de madrugada. Una reunión tan imprevisible como inaplazable le obligaba a renunciar al fin de semana, arruinando así buena parte de nuestros planes. Adelantada a un jueves, había pasado conmigo la fiebre del sábado noche como si fuéramos lo que en realidad éramos: amantes de ocasión y no de libro, como yo entonces creía. Por eso ni la obsesiva conjugación del verbo amar ni palabras como eternidad, cielo o éxtasis me parecieron impropias, al contrario. Se las repetí incansable en mis juramentos.

No quiso que le acompañara al aeropuerto. Le horrorizaba la idea de dejarme allí, sola, en un hangar destartalado y me pidió que me quedase en casa, en la cama, conservando así sobre mi cuerpo, un rato más, las huellas de sus caricias, escuchando, me sugirió, otra vez el concierto de Brahms «que había sonado en el momento del tránsito a la gloria». En el último minuto, y tras el último apresurado beso de casi andén, ya en la puerta, Miguel se volvió para decirme:

—Nunca hubiera podido sospechar que ese corazón de cristal guardase tanta pasión.

A media mañana me llegó la consabida orquídea, encargada desde la terminal del Prat,

45

con una lacónica tarjeta: «Muchas gracias». Pero aquella noche no llamó ni tampoco al día siguiente, ni al otro. Ni escribió, ni volvió a mandar flores. Sencillamente, se esfumó, desapareció como si se lo hubiese tragado la tierra. Nuestra historia —mi historia, perdón— quedó interrumpida así, de repente, cuando él cerró tras de sí la puerta de casa con la contundencia de un golpe que le hubiera producido la más profunda amnesia.

Pasé velando junto al teléfono las primeras cuarenta y ocho horas. Mi confianza en él era tan absoluta que creí que su silencio sólo podía deberse a un accidente o a una súbita enfermedad. Sin embargo, no me atreví a llamar a su casa —me había pedido con insistencia que, de momento, cubriésemos las apariencias—, ni tampoco a ponerme en contacto con su odiosa secretaria perfecta, a quien yo —me constaba— le caía fatal, pero contacté con amigos comunes, a quienes imaginaba enterados de cualquier percance que hubiera podido sucederle, sin aclarar nada. Por fin, cuatro días después de su visita, pasado el fin de semana, desayuné cocodrilo y telefoneé a su casa. Cortésmente, una muchacha de servicio me dijo que el señor no estaba. Luego llamé a la oficina.

La eficiente secretaria perfecta me aseguró

46

que se había ido de viaje al extranjero y que no regresaría hasta dentro de diez días. No supe qué pensar. No podía comprender por qué no me había hablado en absoluto de ese viaje, aunque a ratos imaginé que se trataba de algún asunto urgente surgido en el último momento y seguí pendiente de cualquier noticia. Seis días después de aquellas llamadas, en la sala de espera de mi dentista, hojeando sin demasiado interés un *Ruptura 36* me topé con una fotografía de Miguel. Estaba radiante, con un vaso en una mano y en la otra la cintura de una tipa exuberante de apariencia venal, inclinaba ligeramente el cuerpo hacia la derecha sobre un fondo de azules movedizos. El pie de la foto era suficientemente explícito: «Los escritores también se divierten». En una breve gacetilla se informaba de que un grupo de intelectuales, artistas y altos funcionarios habían sido invitados por el conocido hombre de negocios Amet Barrut al Xatú, futuro mecenas de una fundación hispano-árabe, a un crucero por el Mediterráneo, para contrastar puntos de vista.

Nunca imaginé que la tristeza pudiera tener una forma tan obsesiva, incluso tan melodramática. Aunque todavía no hacía frío, pasaba las horas junto a la chimenea mirando en

47

estado casi catatónico el fuego. Las llamas, tras un velo de lágrimas, exhiben fosforescencias inusitadas, temblores nuevos. Contaba uno por uno los días que faltaban para su vuelta porque suponía que entonces sí daría, por fin, señales de vida. A ratos, más serena, le convocaba leyendo sus cartas, que llegué a aprenderme de memoria, o releyendo sus novelas. Por aquellos días, precisamente, me di cuenta de que las referencias artísticas cosmopolitas que tan sabiamente utilizaba solían acumularse de manera abrumadora en los párrafos de las guías *Michelin*, que los conciertos de música barroca, por los que tanta afición demostraban sus personajes, eran atribuidos equivocadamente, y que sus protagonistas masculinos, en especial los triunfadores, tenían ante la vida una actitud ampulosa casi estentórea, que de pronto me pareció algo grotesca e incoherente. Leí con ojos nuevos su obra y descubrí infinidad de detalles que me supieron a pedante exhibición, a retahíla de falsedades. Ya sé que el poeta es un fingidor, que tiene incluso la obligación de serlo y que es en ese fingimiento donde debe mostrarse sincero. Nunca un actor resulta más convincente que cuando efectivamente hace teatro, interpreta un personaje distinto a él, se mete en quien no es. Nunca es tan verdadero como cuando miente. Sin embargo, el mundo que Miguel construye en sus novelas me pareció de cartónpiedra, sin ninguna cohesión moral, sin un punto de vista homogéneo que lo dotara de verdadera entidad. Admiré una vez más, en cambio, su habilidad para mantener el interés del lector hasta el final, creando una gran expectativa en los últimos capítulos, en los que la acción se intensifica. Y me sedujo, como siempre, el habilísimo manejo de los registros lingüísticos. Fue exactamente ese rasgo de su obra lo que me llevó a caer en la cuenta de que tal vez nuestra relación, fundamentada en las palabras, eminentemente literaria, había acabado así, de pronto, porque a él ya no le quedaba nada más que decirme. Había ensayado diferentes fórmulas, utilizando casi todos los recursos a su alcance, exhibido toda su capacidad idiomática. Había escrito nuestra relación, no la había vivido. Tal vez ni él ni yo éramos otra cosa que un montón de palabras que ahora, de repente, se derrumbaba con dolor, ruido y furia para aplastarnos, o quizás no éramos ni siquiera eso, sino algo con menor entidad, una tarta de merengue pringosa en la que hubieran aparecido las primeras fermentaciones. Aquella mañana, al cerrar la puerta de casa, Miguel dejó tras de sí, todavía envueltas en papel de celofán y adornadas con un gran lazo rosa, protegidas pero ya contaminadas, las palabras con las que yo trataría inútilmente de buscar sentido a mi relación con él y, sobre todo, de interpretar ese final tan inesperado. Quizás nuestra historia —y ahora tengo más elementos a mi favor para creerlo así— no fue otra cosa que un ensayo general previo a la escritura, a la escritura misma en forma de experiencia de laboratorio.

Pero a esa interpretación solía superponer otra, aunque inconscientemente intentara rechazarla porque me hacía muchísimo más daño, ya que, en primer lugar, me equiparaba a las estúpidas heroínas del más siniestro folletín, seducidas y abandonadas por tontas, por no haber tenido un mínimo de perspicacia, y, en segundo lugar, me convertiría en un simple objeto, un plato, un vaso o una servilleta de papel que, tras ser usada una sola vez, va directamente al cubo de la basura. Y sin embargo yo me tenía en más, a tenor precisamente de mi rechazo visceral a que cualquiera comiera en mi mano, me hubiera comparado a una buena vajilla de Sèvres que se emplea con sumo cuidado únicamente los días de fiesta. Pero claro, una vajilla de Sèvres no deja de ser hoy en día una pieza de anticuario...

Quizás Miguel, acostumbrado a moverse con más facilidad en el mundo de la ficción que en el de la vida, no pudo olvidar que en la literatura hispánica —tal vez en la nórdica esto es distinto, ya sabes: «*C'est toujours du nord que nous viens la lumière*»— una mujer de casi cincuenta años no tiene ningún derecho al amor, ni mucho menos al deseo físico. Atreverse a amar, prestarse a ser amada, desear serlo con la misma intensidad, miento, con una intensidad mayor que a los veinte años, es, evidentemente, peligroso y parece incluso obsceno. Si una mujer otoñal quiere aventuras, si se niega a ser retirada de la vida, tanto la literatura como el cine suelen presentárnosla pagando un *gigoló*, es decir, degradándola. Me pregunto si algo de eso, si mi capacidad de transgredir la ley severa que me aparta, según parece, a mis años de cualquier veleidad erótica, si mi entrega apasionada, mis insaciables ganas de amar, mi deseo ilimitado, no le aterrorizaron. Quizás le parecieron impropios, incluso malignos, y le abocaron a una huida sin retorno.

Como el arcángel cuyo nombre lleva y al que hace honor —ya te dije que casaba muy bien con su personalidad—, Miguel cercenó también mis posibilidades de rebelión y me

51

arrojó, o pretendió arrojarme, por lo menos, al infierno, como hiciera su tocayo con Lucifer. No, no es tan descabellada esta otra conclusión, Ingrid, aunque posiblemente él no fue capaz de confesársela, de aceptarla, siquiera para sus adentros. Sin embargo, la explicación que yo esperaba de él era distinta. Suponía que haría referencia a su familia, a la que no podía abandonar, o incluso a su imagen pública, de la que tan pendiente estaba. Su justificación, en consecuencia, se limitaría probablemente a ser una simple declaración de tópicos, adornada quizás con las salvas de rigor: «Tú serás siempre para mí algo entrañable», o «No podré olvidarte mientras viva». Te confieso, Ingrid, que me fui mentalizando para oírselos a su vuelta, ya que me enteré de que el crucero finalizaba en Barcelona, y que preparé la consiguiente réplica, calculando minuciosamente una estrategia válida para desarmarle y, si aún era posible, cautivarle. Pero esa batalla nunca tuvo lugar. Pasó por aquí sin llamarme siquiera. Supongo que, a toda prisa, tomó un avión hacia Madrid y regresó a la vorágine de su trabajo, a su vida familiar, como si yo nunca hubiera sido suya, como si nunca nos hubiéramos conocido y aquel mes y medio de cartas, flores, llamadas, no hubiera existido. Por fin, tras perseguirle durante varios días por centralitas y extensiones, logré dar con él.

—¡No me digas que eres tú! ¡Qué alegría! ¿Qué tal estás? Cuéntame ¿En qué puedo serte útil?

Nunca esperé una jovialidad tan profesional. Y, pese a que su voz me sonaba absolutamente otra, una voz de cemento y argamasa, desconocida, no colgué.

—Quiero verte. Tenemos que hablar.

—Por supuesto, yo también. Me encantará. ¡Tengo tantas cosas que contarte! Han sido unos días agotadores, pero ha valido la pena. No sabes todo lo que he conseguido. Por cierto, hay un montón de cosas que pueden interesarte. Necesitamos asesores. Pero, dime, ¿dónde estás?

—En casa, en Barcelona.

—¡Ah! ¿En Barcelona? Tengo que encontrar un hueco... y hablar sin prisas. Si no fuera porque tengo tantísimo trabajo... Me temo que no podré ir a Barcelona hasta dentro de un par de meses.

—No te preocupes. Yo tengo un viaje pendiente a Madrid.

—¿A Madrid? ¡Espléndido! He descubierto un restaurante exquisito con una decoración magnífica y un servicio impecable. ¿Me harás el honor de acompañarme? Ya verás, te encantará. Además tienen el buen gusto de poner a Mozart... Angela, Angela. ¡Tengo tantas ganas de hablar contigo! Sí, sí, quiero que me aconsejes, hay un montón de cosas que quiero consultarte. Tus puntos de vista me son siempre tan útiles... Estos días no he tenido ni un minuto para mí, ni siquiera para escuchar un poco de música. ¡Ah! Envidio tu vida tranquila. Pero valía la pena. El asunto de la fundación está definitivamente encarrilado. En fin, a todo esto, ¿tú no me cuentas nada? ¿Cómo estás, qué haces, cuándo vienes?

—El lunes.

—El lunes, el lunes... Déjame que mire la agenda. Vamos a ver... ¡Qué pena! Tengo una horrible cena de banqueros. ¿Recuerdas que te había hablado de unas partidas que estaban a punto de concedernos?

—No.

—Sí, mujer, si estuvimos hablando de ello en tu casa. Bueno, da igual. Ya sabes lo poco que me gustan a mí estas cenas de negocios, pero es importante y no puedo anularla, te lo aseguro. Puedes imaginarte que a mí, personalmente, me tiene sin cuidado, ¿qué puedo sacar yo? Créeme que lo hago para defender el futuro

cultural de este país, que bien lo necesita...
Déjame que consulte... A ver, el martes. Mira,
sí, el martes no, pero el miércoles te dejo
escoger. ¿Qué prefieres, comer o cenar...? Supongo que pasarás unos días aquí...

—Sólo el lunes. Tendrás que contarme todas esas cosas tan interesantes en otra ocasión.

—Eso quiere decir que no tienes ganas de verme... ¿Estás enfadada? Tu tono es... un poco... un poco seco.

—¿Tú crees?

—Me parece que entre nosotros, Angela, hay un malentendido. Te noto molesta, francamente. Te aseguro que la cena del lunes es fundamental.

—Creo que estoy empezando a conocerte, Miguel, y tengo la impresión de que nunca más podré aplaudirte.

—¿Cómo aplaudirme? No entiendo.

—Pues es fácil. Me temo que de tu chistera no podrás sacar ya ningún pañuelo...

—Angela, qué cosas dices, yo en ningún momento he pretendido...

—Por cierto, quedaste muy bien en la fotografía de *Ruptura 36.*

—Por favor, cariño, no seas cruel. Puedes suponer que yo... Bueno, maldita la gracia, sí, era Tonia, la mujer del director general... Eso fue un gol que nos metieron. Tú ya sabes de mi seriedad. Además, yo representaba a la fundación... La culpa es de esos periodistas del tres al cuarto siempre en busca de sensacionalismos. Como comprenderás, a mí Tonia qué quieres que te diga...

—Sí, sí, lo comprendo, naturalmente, ¡faltaría! Lo que en cambio me cuesta comprender es por qué no me avisaste de tu viaje. ¿Por qué desapareciste? ¿Qué pasó? ¿Por qué no volviste a llamar? ¿Qué...?

—Temía tus preguntas, Angela. Porque estaba seguro de que me lo preguntarías y, ¿sabes?, no tengo respuesta. No lo sé, no puedo contestarte... (Sí, Amparo, dígale que enseguida me pongo.) Perdóname, Angela, tengo que dejarte. Me llama el ministro por el otro teléfono. Si vienes a Madrid no dejes de avisarme, ya sabes dónde estoy. Y si necesitas cualquier cosa no dudes en pedírmelo. Porque tú y yo somos amigos, ¿no?, y pase lo que pase...

La lluvia, una lluvia menuda, lamía mansamente los cristales cuando colgué el teléfono, como si toda la tristeza del mundo, apenas sin ruido, imperceptible casi, viniera también a fusionarse con la mía. Bajo la luz cenicienta del atardecer el tiempo estaba cambiando: en el aire latía ya el corazón del otoño a ritmo lento. Más calmada, como si la lluvia supusiera una liberación, comencé a escribirle una larguísima carta. Al releerla me di cuenta de que los continuos reproches —el hábito de arpillera penitente con que vestí mis palabras—, el despecho que constantemente afloraba entre líneas, eran contraproducentes. Demostraban bien a las claras mi enamoramiento y, sobre todo, evidenciaban de manera descarnada, casi indecorosa, el dolor que, como si de una mutilación se tratara, me había producido su pérdida. Pero por fortuna no la mandé. Tampoco tuve fuerzas para ir a Madrid, Ingrid. Su correcta frialdad, los matasuegras que manejaba a modo de palabras, el chicle que parecía mascar mientras me hablaba, me hicieron conjeturar que Miguel se inventaría cualquier otra reunión urgente para no verme. Aquella frivolidad de *cocotte* de lujo, adornada por cortesías a punto de nieve, acompañada de un aroma de trivialidades azucaradas, con guarnición de algodones con los que pretendía, sin duda, empapar la supuración de mis heridas —no fueran a salpicarle el pus—, me dolía mucho más que la verdad que trataba de encubrir: ya no me quería. Y sin embargo, pese a todo, seguí esperando, esperando el milagro de una carta, una llamada, una visita, cualquier signo de amor al que agarrarme para poder otorgarle un perdón que nunca me pidió y reiniciar así nuestra relación, porque todo —la música, los libros, las flores y hasta mi propia casa—, me seguía hablando de él.

Una amiga común que le había encontrado casualmente en no sé qué reunión del ministerio me transmitió sus recuerdos y me hizo saber que Miguel le había preguntado, con mucho interés, por mí y por mi estado de ánimo. Barrunté que, quizá, le había insinuado nuestra relación. Un «Miguel te tiene mucho cariño, no sabes cuánto», me puso sobre la pista para evitar la tentación de las confidencias, que le habrían sido transmitidas de inmediato. Me limité a referirme a su valía de escritor, pero en ningún caso a sus cualidades humanas. De mis palabras se desprendía más bien que su manera de ser no me gustaba.

Unas semanas más tarde —principiaba diciembre— Miguel me telefoneó:

—¿Puedo atreverme a solicitar el favor de tu voz?

El ringorrango me fue comunicado en un circunspecto tono de lobo apaleado, desacostumbrado en él. Tal vez —plagiaba un verso de Lorca, lo intertextualizaba, variándolo— el préstamo le empujaba a pactar por unos instantes con la humildad. Intenté mostrarme fríamente correcta.

—Por probar... La verdad, no te esperaba.

—¿Qué te pasa, Angela? ¿Estás enfadada conmigo? No seas tan injusta, querida. En todo caso debería ser yo el ofendido. Vienes a Madrid y ni siquiera me llamas.

—Tenías demasiados compromisos y no me dijiste a qué hora tu secretaria tiene autorización para pasarte las llamadas...

—Angela, por piedad, no seas injusta.

—No lo soy en absoluto. Estás tan ocupado que te hubiera estorbado, y eso hubiera hecho que me sintiera culpable.

—Quiero serte muy sincero, Angela, a veces pienso que no me he portado bien del todo contigo... por eso a la primera oportunidad que he tenido he intentado rectificar... Soy yo el que a ratos se siente culpable sin saber demasiado bien por qué... Y eso me intranquiliza...

—Tómate dos comprimidos de Válium, o mejor dos Aneuroles... ¡Ah, no se venden sin receta! Pero tú debes tener un montón de amigos médicos que te la pueden facilitar...

—¡Angela, por favor!

—Te lo digo en serio. Yo he tenido que tomarlos durante bastantes días y, la verdad, me han ido muy bien...

—Olvidaba que también puedes ser cruel. No, Angela, no. No eres justa, me interpretas mal. Te quiero mucho, mucho más de lo que crees. Todo lo tuyo me interesa.

—¿De veras?

—Puedes estar segura. Si no fuera así, a santo de qué me crearía enemigos por tu culpa... Bueno, no exactamente por tu culpa, a causa de ti.

—No sé de qué me hablas.

—Pues sí, enemigos, y no precisamente inofensivos.

—Miguel, por favor, no es necesario que me pongas ningún estanco mental ni que me solicites una lotería. A estas alturas, sobra.

—Me interpretas mal, querida. Ayer mismo te defendí ante Martínez Camorera. Ya sabes que es un crítico durísimo. Fue en la cena de los premios Machado. Lo tenía al lado.

—¿Ah, sí? ¿Y qué dijo Martínez Camorera, si puede saberse? Porque no creo ni que me haya leído...

—Por lo que dijo, eso parece, amor.

—¿Qué dijo?

—Prefiero no decírtelo, cielo. Estuve a punto de liarme con él a puñetazos.

—¡Qué fuerte estás! Dime, ¿qué dijo?

—Una estupidez, pero no sabes cuánto lo sentí. Vamos, que me hirió.

—¿Qué tipo de estupidez?

—Preferiría no decírtela, cariño. Es una tontería que te va a hacer daño y, por encima de todo, no quiero que sufras.

—¡Huy! No te preocupes... «Dolor, última forma...»

—¿Qué?

—No, nada. Venga, ¿qué dijo?

—¿Seguro que quieres saberlo? ¿Sí? Pues dijo: «Angela Caminals es una escritora acabada». Comprenderás que no se lo pude consentir.

—Lo comprendo, Miguel. Muchas gracias.

Y colgué. Replicó con insistencia el timbre del teléfono: treinta, cuarenta veces. Luego, a intervalos, tres o cuatro más, con una especie de estertor puramente testimonial, sin esperar respuesta. Te prometo, Ingrid, que no conseguí entender qué sentido tenía la llamada. A menudo la gente, los propios colegas que convivieron con nosotros en el congreso habían echado pestes de Miguel. La envidia —es un triunfador nato—, le convertía en un blanco tentador y su fatuidad acentuaba el interés de los concursantes por acertar de pleno en la diana. Te aseguro que en muchísimas ocasiones he desviado los tiros que le iban dirigidos sin aludir jamás a ello, sin pasarle ningún tipo de factura. La suya, además de resultar inoportuna, había sido gravada con un excesivo impuesto de lujo.

Mi traductora al castellano es amiga de Camorera desde la infancia. No pude evitar comentarle el incidente. Rocío se prestó encantada a hacer todo tipo de averiguaciones. Al cabo de pocas horas supe que, en efecto, la anécdota que me había contado Miguel era cierta, pero que los papeles de los actores habían sido cambiados. Fue Camorera quien me defendió y él, Miguel, quien puso en duda, entre bromas y veras, el interés de mi obra y vaticinó frívolamente, como quien no quiere la cosa, mi defunción literaria.

Creo que no hace ninguna falta que te diga que aquéllos fueron unos días espantosos, poblados de terrores a cuyos conjuros aparecían espectros que ejecutaban a mi alrededor danzas macabras, monstruos que entre risotadas y cabriolas se mofaban de mí, obligándome a reinterpretar mi relación con Miguel, degradándola hasta convertirla en un magma pútrido en el que sólo podían sentirse a gusto las ratas de los albañales. Estaba claro que Miguel no me había querido nunca y que, desde el principio, se había burlado de mí.

No puedes figurarte, Ingrid, con qué vergüenza, con cuántos remordimientos recordaba el absoluto abandono con el que yo me había entregado y con qué crueldad sometí cada una de las páginas de mis libros a la disección más morbosa. El manuscrito en el que trabajaba, y que me había comprometido a entregar antes de Navidad, permanecía inacabado sobre la mesa del estudio. Me sentía absolutamente incapaz de escribir una sola línea, porque me parecía que, entre sus páginas, me esperaba una trampa llena de púas venenosas que me cercenaría los dedos. Y fue entonces cuando mi editor me acompañó personalmente a ver a un psiquiatra amigo suyo.

Las más de mil horas pasadas frente a un muro, removiendo entre lo más fétidamente obsceno de mis propias vísceras, me llevaron a la conclusión de que, además de un envase no recuperable, fui para Miguel un espejo en el que basó su estrategia de seductor. Así se me hicieron mucho más comprensibles todas las similitudes que intentó hacerme observar con detenimiento, con infinita delectación, casi con parsimonia ritual antes de que yo aceptara entregarme. Porque es, efectivamente, por fin, en el espejo de la carne en el que los amantes pueden reconocerse y, transgrediendo los límites que la piel impone, fusionarse. Y, sin embargo, en nuestro caso, en su caso, seductor y no amante, a Miguel mi cuerpo desnudo debió servirle para contemplar únicamente su imagen, mientras que el suyo no reprodujo la mía. Una vez desvelado el secreto desapareció la magia y ya no fue posible dar con el reflejo que nos abarcara a los dos. Narciso inclinado sobre el lago apaga la sed, lo que, por supuesto, no consigue inmerso en él. La imagen que busca no es otra distinta de sí mismo, no es la de su hermana muerta. Si se acerca más, si cae en la tentación de fundirse en ella, cometerá el error de destruirse. No le queda otra alternativa que permanecer alejado, ensimismado, jamás enajenado. La ilusión, que durante aquel mes y medio había mantenido en una tensión constante nuestras vidas desaparecía de repente y con ella moría mi capacidad seductora, aunque la suya permaneciera incólume. De este modo su conducta parece explicarse con más facilidad. Incluso su última llamada. Con aquella fingida defensa —él nunca debió de imaginar que me llegaría la otra versión— intentaba restablecer ante mí su maltrecha fama, puesto que tal vez, en algunos momentos, por contados que éstos fueran, intuía que mi espejo se había roto en mil pedazos y que jamás podría volver a recomponer en él su imagen de seductor. Creo que sólo acertó en parte, ya que su refinamiento, la sofisticación con que se esmeraba en hacerme daño comunicándome la sentencia de Camorera, se debían —creo que ahora ya no me faltan datos— a otros móviles más útiles.

En fin, Ingrid, ¡qué desperdicio!, ¡cuántas energías gastadas en una pasión inútil! No sé si recuerdas cómo en *A la recherche du temps perdu*, Proust termina el capítulo en que Swan acaba de relatar sus amores con Odette. Es una reflexión que casa perfectamente con el modo en que juzgo ahora mi conducta amorosa: «Cada vez que pienso que he malgastado los mejores años de mi vida, que he deseado la muerte y he sentido el amor más grande de mi existencia, todo por una mujer que no me iba, que no era mi tipo...».

A estas alturas, Ingrid, soy muy consciente de que he entrado en una nueva etapa. Tengo el corazón casi tan frío como la cabeza. El sentido común ha ido imponiéndose poco a poco sobre la neurótica melancolía y mi estado de ánimo va alejándose deprisa del que describen las letras de los tangos con las que, por llorona y consentida, tantas similitudes guardé. Me estoy convirtiendo en una escéptica. Tú eres la única persona a la que trato de acercarme sin suspicacias. Por eso me atrevo a decirte que, muy a menudo, me siento, pese a todo, fuera de lugar, a la intemperie. Los valores que una educación burguesa y esmerada trató de inculcarme —la lealtad, la sinceridad, el obsesivo culto a la verdad— ya no me sirven, están obsoletos. Su tendencia tan a la baja en los últimos tiempos los ha vuelto incluso no cotizables. Durante muchos años creí que mis convicciones me servirían como norma válida con la que juzgar tanto los comportamientos ajenos como los propios, que debía ajustar mi conducta a tales convicciones simplemente por razonables cuestiones de ética elemental que harían más llevadera la convivencia y me permitirían, si no dormir bien, dormir con la conciencia tranquila, como dicen los católicos, sentirme por lo menos integrada en el sistema de valores por el que se rigen las personas civilizadas, las gentes de la clase social a la que pertenezco.

No sé si estas confidencias te resultarán aún más penosas que las que antes te hice, ya que demuestran, de una manera todavía más absoluta, mi indefensión. No sé en qué momento debí de perder el tren o me quedé tirada en la cuneta, pero me temo que ya no tendré fuerzas para subirme de nuevo, siquiera al furgón de cola ni para sacudirme el polvo y la maleza de la ropa otra vez. Quizá me he vuelto definitivamente misántropa. No espero nada. No me conmueve ya nada en especial. Veo a muy pocos amigos, no asisto a las tertulias, apenas salgo. Escucho música, eso sí, casi todo el día. Me interesan más que nunca mis colecciones de Galles, que van en aumento, y las antigüedades. Acabo de comprarme un bargueño del siglo XVI absolutamente precioso y le tengo echado el ojo a una arquilla napolitana que quita el hipo. Cuido el jardín. Suelo concentrarme en los atardeceres siempre que puedo y me dejo fascinar por esos instantes en los que el cielo adquiere esa tonalidad pálido-lechosa, difumino de azules casi nocturnos y blancos indecisos que me recuerda a vuestra luz. A menudo lo celebro con un cóctel de *champagne*. Me suelen interesar más los objetos que las personas. Por eso gasto cuanto puedo en rodearme de cosas bellas, aunque la herencia de mi padre —de la que, ya puedes imaginarte, vivo— merma demasiado deprisa. No me importa. A mi manera, trato de arrancarle a la vida incluso lo que no quiere darme. Apenas pido más. Procuro no ver nunca la televisión y leo poco los periódicos, pero a veces me dejo tentar por las páginas de cultura. Por ellas me llegó la noticia de que Miguel agotó en una sola semana la primera edición de su última novela *El Canto del Cisne*, que Robert Saladrigas en *La Vanguardia*, tras elogiarla, calificaba de paráfrasis decimonónica, ya que su personaje principal, una escritora provinciana, es un claro exponente del romanticismo de la desilusión, heroína degradada en un mundo también degradado.

Hace sólo quince días recibí por correo un ejemplar dedicado: «Con la seguridad de que tú serás mi mejor crítico». En la contraportada, como reclamo, unas letras de cuerpo gigante destacaban la calidad literaria de la narración y de manera especial la originalidad de su tema, inédito en las letras hispánicas... Puedes imaginarte, Ingrid, con qué interés comencé la novela y con qué atención la leí, subrayando los párrafos en los que me parecía que se hacía referencia a mi físico, a mis estados de ánimo, señalando las páginas en las que Miguel recogía parte de nuestra correspondencia o transcribía nuestras conversaciones o incluía párrafos robados a «las actas fundacionales». Y me di cuenta que el personaje de Olga, la madura escritora catalana, cursi como un repollo con lazo, si no es mi retrato es, por lo menos, mi caricatura, y el de Sergio, novelista de moda, triunfador, brillante y excesivamente inteligente, es él, tal como se ve, revestido de un halo hagiográfico. Puedes imaginarte lo que sucede a partir del momento en que ambos coinciden en una mesa redonda, organizada por la entidad cultural de turno y la consiguiente universidad en una ciudad del norte —todo un detalle— para tratar de *La Regenta*. El paralelismo de las dos historias se mantiene hasta el final de la primera, es decir, hasta la noche en que Olga se entrega a Sergio. En las páginas de la novela no se describe una noche intensa, bella y pletórica como yo la recuerdo, sino vergonzante, fracasada y estéril. Olga, prisionera de sus prejuicios, se comporta de una manera ridícula, noña, fuera de lugar, y es incapaz de complacer la fogosidad de su amante. Cuando leas el libro que mañana mismo —hoy mismo, ya es lunes— te mandaré por correo urgente, verás qué final tan apoteósico dispensa el autor a la pobre tontiloca.

Pero antes déjame, Ingrid, que te transmita un montón de preguntas, un sinfín de interrogantes que me persiguen a menudo desde que el libro cayó en mis manos. ¿Cuándo decidió Miguel escribir la novela? ¿Antes o después de nuestro encuentro en Valencia? ¿Le interesé únicamente porque creyó ver en mí un personaje hecho a la medida de la trama que urdía? ¿O fue después de habernos conocido cuando se percató de las similitudes existentes entre nosotros y no pudo sustraerse a la fascinación de comprobar hasta qué punto la literatura es, siempre, tributaria de la vida? Quizá pretendió conducir nuestra relación por cauces preestablecidos de antemano hacia un final coherente con el determinismo de su personaje... y ese final, desajustado, imprevisible, fue lo que precipitó nuestra ruptura. No sé, el caso es que, sin duda, me utilizó para extraer una información de primera mano que le permitió dar una mayor consistencia humana a su criatura de ficción. Quizá, todas esas posibilidades no son otra cosa que piezas complementarias de un mismo calidoscopio, que se unen y se separan según el enfoque, según el movimiento...

A ratos, Gridi, por mucho que me duela, sigo leyendo *El Canto del Cisne*. Para encontrar entre líneas, soterrada, cualquier explicación plausible, para saber de mí misma, para recuperar un año perdido, para reencontrarme con aquella muerta mía de la que sólo soy, en cierto modo, superviviente —buena parte de mí desapareció hecha jirones durante aquellos meses horribles—, me busco todavía con ahínco en las páginas de la novela. Tengo un enorme interés, Ingrid, en que me des tu opinión y me digas si verdaderamente soy yo, yo, la protagonista del libro, o si me equivoco al reconocerme entre sus páginas espejo. Quizás es mi ansia de pervivencia, pese a todo, en la memoria de Miguel, la necesidad de dar todavía con una justificación a su repentino cambio de actitud, lo que me induce a releer una y otra vez su relato.

No te negaré, Ingrid, que durante estos días me han venido ganas de emular a la Serpieri —¿recuerdas *Senso* de Visconti?—, pero incluso eso redundaría en su fama póstuma. También se me ha ocurrido la posibilidad de una demanda judicial basada en el derecho a la intimidad que su novela viola o en airear en la prensa sensacionalista nuestra relación, pero ambas cosas no harían sino multiplicar las ventas y la popularidad de Miguel en detrimendo de mi persona.

Ahora me doy cuenta de que en ningún momento te he dicho cuál es su apellido, aunque estoy segura de que hace mucho que lo has adivinado. Miguel no es un nombre demasiado corriente entre los escritores actuales y si, por descontado, no es Delibes, sólo puede ser Orbaneja. En *La Nación* de hoy, de ayer, en el suplemento dominical, aparece una larga entrevista en la que anuncia que, en el plazo de un mes, visitará Dinamarca para dar varias conferencias en las universidades de Copenhague, Odense y Aarhus y escribir una serie de reportajes que la agencia EFE difundirá entre los más importantes periódicos de España e Hispanoamérica, previos a la publicación de un libro de viajes por los Países Escandinavos «de cuya luz», le cito textualmente, «mucho más suave ya que acerca los objetos y acorta las distancias, me siento ansiosamente ávido»...

Estoy segura de que Miguel hará todo lo posible por conocerte e intentará, como sea, tu amistad. No lo encuentres nada raro. Le hablé muchísimo de ti, de tu afición por la literatura española, de tus estupendas relaciones con los intelectuales escandinavos —y en especial de tu gran amistad con Lunkvist, eterna puerta del Nobel, al que por supuesto, en un futuro no demasiado lejano, él aspira— y, por descontado, de tu inteligencia y de tu enorme atractivo. Te aseguro que buscará en ti otro espejo en el que pueda mirarse a sus anchas y se complacerá en mostrarte un sinfín de similitudes. Pero a ti no podrá embaucarte porque no te cautivará ni su pedantería ni su petulancia, aspectos que, contra lo que cabía esperar, obraron en mí de una manera positiva, tal vez porque creí adivinar tras esa máscara una vulnerabilidad y una fragilidad casi enfermizas. Fue ese lado supuestamente débil lo que de verdad me sedujo. Quizá siempre lo empleó como una baza a su favor entre las mujeres. Es posible que Miguel, intentando crear la atmósfera más cómplice posible, te hable de mí por extenso, en los términos más delicados. No olvides que, aunque fatuo, es sibilinamente listo. Perdona, Ingrid, iba a ponerte de nuevo en guardia. Sé que no te hace ninguna falta. Tienes, en materia de hombres, mucha más experiencia que yo, y unas cartas marcadas. El juego es definitivamente tuyo.

Hace unas horas, a media tarde —en estos instantes son más de las dos de la madrugada—, te anuncié que te pediría un favor. Creo que ha llegado el momento de decirte de qué se trata, aunque tal vez tú ya lo has adivinado, o casi. Pero no. No te pido que pagues a Miguel con la misma moneda, por supuesto falsa, con que me compró a mí. Seducirle sería para ti un juego de niños y dejarle en la estacada lo más fácil del mundo. Eso, por otra parte, apenas si le haría mella, estoy segura. A ratos pienso que debo ser uno de los pocos roscos que se ha comido en su vida, lo que en cierto modo, todavía me da más rabia. Sólo una estúpida como yo podía no verle venir con su altar portátil bajo el brazo, dispuesto a preparar con todo esmero la ceremonia de la inmolación de la primera cordera bobalicona que le saliera al paso, autoofreciéndosela como víctima propiciatoria a su egolatría de hipopótamo. Me parece que en tu caso esa posibilidad podemos descartarla, aunque si se tercia, y te parece, obra como creas más conveniente. No en vano te has divertido con las vengadoras de su honra del teatro español... y, mira por dónde, ahora tienes una oportunidad por persona interpuesta para interpretar ese papel. No te aconsejo, para el gozoso trance, música de Mozart, el segundo movimiento del concierto para piano número 21 —oh, sí, nuestro predilecto en la comunión telefónica—, porque lo confundirá, lo confundió con «algo de Brahms», sino una cosa más *adhoc*, pompa y circunstancia, por ejemplo...

En fin, a lo que iba, lo que te pido es mucho más sutil. Verás, Miguel tiene la milagrosa habilidad de convertir en sí mismo todo lo que toca, de apropiarse con espontaneidad graciosa de las ideas ajenas, de expresar como si fuera suyo el parecer de los demás y, siempre que lo cree oportuno, intertextualiza lo que le viene en gana. Nunca contrasta opiniones. De manera que no me cuesta nada imaginarle coincidiendo plenamente con tus puntos de vista, sorprendiéndose, maravillado, ante la identidad de vuestros gustos e identificándose con tus palabras. Ni tampoco me resulta nada difícil adelantarme a lo que será su primera crónica repleta de observaciones agudísimas sobre vuestra idiosincrasia, de referencias históricas y literarias brillantes y sobre todo *originales* que tú habrás ido sugiriéndole. Fíjate en lo genial que sería que le convencieras de la nostalgia de Isak Dinesen por los acantilados de la llana Fionia, que le hablaras del expresionismo pornográfico de los primeros films de Dreyer o del erotismo explosivo de los torsos del gélido Thorwaldsen, a quien sus admiradoras llamaban el Rodin danés... Quizás también merecería la pena que le insinuaras algunos chismes de alcoba, le encantan y sabe aprovecharlos divinamente. ¿Por qué no referirte al amor *fou* de Andersen por Oersted, surgido mientras éste disertaba sobre las máquinas magnéticas? O al collar de *quantos* que Niels Bohr regaló a Mata Hari en recuerdo de sus farras compartidas... Claro que de ti cabe esperar una erudición mucho más sutil y mayor finura imaginativa en vistas a enseñarle ciertos aspectos de tu país a través de una lente distorsionada.

Falta un mes, Ingrid, sólo un mes, pero ya me regodeo pensando en lo bien que lo voy a pasar leyendo los reportajes de Miguel plagados de gazapos, cuando no de dislates que, a buen seguro, enfurecerán a Lungvist, mermando así las posibilidades de que Miguel se vista un día de frac frente al rey de los suecos para recibir el Nobel.

En el fondo, no es haber contribuido, con tu ayuda, claro, a dejarle en ridículo lo que más va a satisfacerme, sino estar segura de que, en su infinito engreimiento, sacará una moraleja misógina: no hay que fiarse —porque no lo tienen— del criterio de las mujeres.

Ahora mismo, en cuanto acabe esta carta, comprobaré en qué estado está la bodega. No quiero que falte un *Pomery* para cuando llegue el momento. Brindaré por ti, queridísima mía, te lo aseguro.

No es necesario que te diga que, como

siempre, y más que nunca, estoy a tu disposición y que puedes pedírmelo todo. Sabes que te quiere muchísimo y te manda un montón de besos.

Angela

Ultimos títulos